KB274605

숨은 꽃

숨은 꽃
가영심 시집

초판 인쇄 | 2008년 4월 20일
초판 발행 | 2008년 4월 25일

지은이 | 가영심
펴낸이 | 신현운
펴는곳 | 연인M&B
디자인 | 이희정
기 획 | 여인화
등 록 | 2000년 3월 7일 제2-3037호
주 소 | 143-874 서울특별시 광진구 자양동 680-25호(2층)
전 화 | (02)455-3987, 3437-5975 팩스 | (02)3437-5975
홈주소 | www.yeoninmb.co.kr
이메일 | yeonin7@hanmail.net

값 7,000원

저자와의 협의에 의하여 인지는 생략합니다.
ⓒ 가영심 2008 Printed in Korea

ISBN 89-89154-99-0-03810

이 책은 연인M&B가 저작권자와의 계약에 따라 발행한 것이므로 본사의 허락 없이는
어떠한 형태나 수단으로도 이 책의 내용을 이용하지 못합니다.
잘못된 책은 바꾸어 드립니다.

숨은 꽃

가영심 시집

| 自序 |

  푸른 생의 비밀을 열어 보이며 살아온 나날들, 아름다운 시련 속에서 또 한 고비의 생을 건너뛰었다. 내게 새롭게 생명 주심과 존재에의 축복을 감사드리며 2008년 새해를 맞이하였다.

  올해로 시력(詩歷) 33년째가 되는데 아직도 나는 시에 대한 들끓는 매혹과 열정을 주체할 수가 없다.

  자연과 사물과 인간의 향기로운 화음(和音) 속에 내 영혼의 집은 풍요롭다.

  내가 끝내 열망에의 기도를 멈추지 않는다면 바다제비처럼 내 마음속에 시의 천불천탑을 지어갈 수 있으리라. 다시 한번 희망과 기대를 가져 본다.

2008년 초봄에
가영심

2. 푸른 생의 비밀을 여는 시간에

3. 물방울로 마침표를 찍는다

| 해설 |

1. 거울 속의 불꽃놀이

생을 염색하다

이 계절 더욱 무성해진 꿈으로
살 속 깊이까지
아롱 빛깔로 쪽물 들이고 싶어

가끔은 삶의 빈 잔
허물 껍질로 벗어두고
색색의 넓은 천 하나
내 삶의 배경으로 걸어두고 싶다

함묵으로 지새우는 밤은
외계의 불빛들마저 차단 당한 채
가느다란 잠의 혈관 흘러가
오직 사유의 소리만 깨어 있는지

바다제비
절벽에다 피 토해 짓는
마지막 세 번째 집처럼
내 마음 안에다
천불천탑을 지어가며

직녀봉 꼭대기에 걸어둔 달이여
이 밤 내가 너를 바라지 않는다면
무얼 더 기도하랴.

백송(白松)

모진 비바람을 버텨내고도
닫힌 마음 녹일 수 없어
상처투성이 혼을 찢으며 고행하는 여자
묵묵히 꿈꾸고 있는 그녀를 향해
누군가 지팡이 하나 손에 쥐어준다
온몸으로 짧은 생의 의미를
다 말해 주려는 듯
뜨거운 침묵으로 묵언에 든 수행자

지고지순한 정신 벼리며 살아온 그녀
지팡이 하나로 빛을 향하던 그녀의 언어들
세상 가운데 삭이고 삭인 비명들을 나이테로 주워 담고
더욱 단단해진 굳은살이
하얀 등뼈로 나무마다 드러난다

홀로 중독된 아픔
터진 살을 꿰매가야 했던 삶
그녀의 기도는 계곡 숲에 흩어져
온통 박하 향내만 가득 퍼져나갔다.

석모도 별리(別離)

순결한 시간의 빛 거두어 감이 소멸이라면
파도의 손가락 사이로 다 빠져나가 버린
허무 끝에 남은 단단한 결정체
삼량염전의 흰 소금처럼
순백의 내 마음 무명천으로 펼쳐 보이고 싶네

하리포구엔
아픈 이별보다 더 오랜 기다림으로
절절해진 목쉰 갈대의 울음소리로도 닿을 수 없는
광활한 갯벌 뻗어 있는데

제 모든 것 다 내어주고
추운 살로 떠는 가난한 사랑 하나가
인고(忍苦)의 찢긴 조각보 기워가듯
보문사 사찰 뒤 눈썹바위 석불에다
무수한 원(願)을 올리고
서해로 지는 일몰 바라보면

제 스스로 점화되는
무수한 꿈이
따스한 생(生)을 떠나보내고 있네.

내 등 뒤에서 우는 섬

푸른 생의 사랑은 비릿하여라
허공을 미련처럼 안아 보기 위하여
열망의 발목 잡고 날아 보는
바다 갈매기

더러는 상처를 달래주던
독주 퍼마시면서
버림받아 더욱더 칼날을 무는 파도처럼

칼날에 베이면 베일수록
더욱 단단해지는 바위섬의 울음을
이제야 듣게 되는 그 까닭은
무엇일까

울음의 뿌리는 깊고 깊어서
목숨의 실 찢어가듯이 물결 갈라지게 하는
그것이 사랑이었을까
허무였을까
아니면
내 등 뒤에서 우는 섬이었을까.

봄이 오는 양수리

우리들 아무것도 말할 수 없었다
누군가 고요를 알몸처럼 벗어놓고 떠나갔을 때
빈 허물로 남아 있는 꽃들의 숨소리만
봄꿈을 꾸고 있었다

어둠의 깊은 혈관을 따라
실핏줄 흐르던 눈물의 의미를 말할 수 없었다
우리들 저마다 헤집고 다녀
군데군데 상처난 뻘로 질척거렸다

눈먼 피리새 바람꽃처럼 울어가던 밤
무수한 이야기들이
모래 알갱이처럼 흩어지더니
알 수 없는 슬픔처럼 함께 젖고 있었다

보랏빛 감자꽃 향기 잃어버린 고향 내음처럼
꽃눈 틔우며 건너오는 봄
만장의 꽃바람으로 그렇게 우리는 서러웠었다.

인내의 흔적은 줄로 남는다

고통은 단지 견뎌내야 할 가시가 아니라
함께 껴안고 가야 할 삶의 동행자인 것을
그리하여
오래 길들여진 상처만이
자작나무 흰 몸에 인내(忍耐)라는 줄을 그어감을 깨달았다

지난 오랜 세월을
우리는 무엇을 소망하며 살아가는지도 잊은 채
생존이란 이름을 지켜내느라
단단해진 고뇌 혹은 욕망의 파편 모서리에 부딪히며
보이지 않는 피 흘리며 살아왔다

시간이 영원을 껴안을 것 같은
적막 풀어놓은 산언덕 기대 누운 어둠 속에

달빛은 자작나무 흰 기둥을 눈부시게 비추면서
홀로 기다림의 구슬인 듯 꿰어 보다가
인내와 상처를 시원(始原)의 숯으로 잠재운다.

낯선 길에 눕다

이젠 엉킨 삶보다
더 아린
매혹의 술잔을 들게

그리고 다시는 묻지 말게
그 길이 어떤 길이었나를

제 몸 다 드러낸 꿈의
외로운 그물로 깁는 쓸쓸한 비명에
울어 보다가
날개옷 입은 시간의 향기
젖은 숲에 널어 말릴 때

빈 마음의 끝을 잡고
울음 죽인 눈물 흘리는
그대

다시는 되돌아올 수 없는
멀고도 먼 길이었음을 안다.

흔적 지우기

내가 끊임없이 도망치려 했던
우울한 기억으로부터
끝내 벗어나지 못한 채
여기 바다에 와서
절망과 어둠을 두르고 울다가
나는 깨달았다

오래 전부터 내 몸 안엔
아름다운 상처 하나 감추어져 있어
그것은 욕망의 날개 또는 물고기 비늘보다
더욱 선명하고 눈부신 흔적으로 남아 있었음을
그것은 가시처럼 박혀
물무늬로 퍼져가면서
삶으로부터
조금씩 나를 떠밀려 가게 만드는 것을

한여름 내내
검은 울음소리로 파도치며
피 흘림 없어도
허무의 뼈들 하얗게 부서져 갔지만
더는 무엇으로 불러 볼 수 있을까
가슴속에 키워가던 섬 하나
검푸른 바다는 우리가 던져버린 삶의 시간들만
죽음의 목구멍 깊숙이 삼켜간다.

눈물

내 눈물의 근원은 명주실이었다
하얀 누에고치에서 무한 슬픔의 실로 뽑아올려져
고운 실타래로 엮어지는 생애였다

어머니를 거부하던 또 다른 내가
기억의 고집으로 들어앉은 고치 속의
무지와 반항의 긴 잠을 깨우려고

내 눈물샘 그 깊은 어디쯤서
갈증의 목선(木船)을 띄워놓고
밤새워 성모송(聖母頌)을 외워가던 어머니가 계셨었다

슬픔이 한 모금의 물로 고인
회한의 눈물 한 바가지 얻어 마시고
적막 빈 꿈만 흐르는 밤에
어머니의 한(恨)을
은빛 머리칼로 엮어 올올이 짜올리던
목숨의 한 생(生)이 희고도 눈부셨다.

비를 기다리는 달팽이

그는 누군가를 기다리며 앉아 있다 초조함을 숨긴 채 마음속 자동문을 하릴없이 열었다 닫았다 하며 앉아 있다 십오 분, 삼십 분, 한 시간이 지났어도 그 누군가는 오지 않는다 고장난 시간의 더듬이로 푸른 목숨의 내면을 더듬어 간 흔적처럼, 보이지 않게 안으로만 피 흘리는 그의 막막함 무거운 침묵 속에 곧 오리라는 견고한 믿음으로 기다려도 만남은 어긋나고, 계속 비어 있는 앞자리만 주시하며 그가 하염없이 누군가를 기다리며 앉아 있다

문득 파도가 그리웠다 그는 제 마음의 창에 달아놓은 녹색 버티컬의 줄을 한 가닥 희망처럼 잡아당긴다 잠시 가슴속엔 푸른 바다가 펼쳐지고 까페 안 가득히 키보이스의 해변으로 가요 해변으로 가요, 노래가 넘치면서 파도소리에 딱딱한 고동 속으로 숨어 들어간 달팽이 하나, 이루지 못한 사랑처럼 꿈의 빈 껍질 속에 들어앉은 그가 있었다 비를 기다리는 달팽이처럼 오, 기다림에는 독이 있다네.

길은 순대 이미지로 뻗어 있다

혼돈의 건널목에서
목을 길게 빼고 기다리고 섰는 동안
빨간 불의 신호등이 꺼지자
나비처럼 켜지는 푸른 신호등

삶의 몸살을 앓는 허기와
무료한 시간을 뜯어먹는
중독된 권태로 길을 건넌다

우리가 두려워하는 것은 운명이 아니다
팔이라는 숫자에서 팔자를 노려보는
사주표 식용유처럼
매끄럽게 빠져나가는 일상의 행운을
잡아 본다

미지의 인생길은
아무도 알 수 없는 캄캄한 맨홀 속의
어둠뿐인가
실종된 희망과 생의 흔적을 찾아 길 떠나고 싶다
내내 불안한 욕망을 품어 보는 의문부호

오늘도 원조 순대국밥집에서
토막난 순대를 한 점씩 집어먹을 때마다

그의 내장을 탐색해 가며
우울은 열려 있는
알록달록한 길을 향해 떠난다.

만년설 연가(戀歌)

누군가
내 마음 깊이로 내려와
눈부신 생의 깊고 푸른 호수로 빛납니다

이루지 못한 외눈박이 내 사랑은
오매불망 까마득한 시간 너머
푸른 별에까지 가 닿으려 합니다

바람의 살 번쩍이는 아픔 탄식되고
뜨겁고도 투명한 기도 실어 보냅니다
그대 향한
몸부림의 열망과 열꽃마저
빙하로 얼어붙게 합니다

노르웨이 안델레스에서
나는 그대를 비로소 만났습니다
수천 년의 시간
층층 쌓아올린 그리움 닿아 있는 꼭대기

마침내 나는
더는 꿈꾸지 않는
차가운 심장
상처뿐인 내 사랑을
고운 은박지로 싸서
만년설 위에다 놓아두었습니다.

어머니의 불씨

할로겐 히터 속에
매혹의 붉은 혀가 춤춘다

가슴속 간직했던 추억의 불꽃
목숨으로 타며 피었다 지는
유랑하는 집시 혼이다

격렬하게
때로는 요염함으로
현란한 플라멩코 춤추고 있는 화려한 열정
할로겐 히터 속
매혹의 붉은 혀는 봄의 여인이다

그 정열의 뜨거운 피 흐르던 혈맥을 따라
봄꽃의 싹을 틔우는
어머니의 불씨
동토의 한겨울을 가슴으로 녹여가고 있다.

인사동 다기(茶器) 전시장에서

통인가게 지하 계단을 딛고 내려가면
갤러리 안 가득 넘실거리는 바다 물결처럼
은은한 곡조로
슈만의 트로이메라이가
수묵빛 꿈으로 귀를 적시어 오네

그저 바라만 보아도
그윽한 숨결 느낄 수 있어
환한 속살의
목숨무늬 닮은 다구(茶具)들의 미소와
다양한 모양의 막사발들을 둘러보네

삶에 지친 내 마음도 비워내면서
검지손가락 끝으로 두드려 보는
찻주전자에선
시원(始原)의 맑고 고운 종소리가 울리네

다기(茶器)들 몸마다 아롱진 무늬들은
내 가슴에 피어난 불꽃무늬
그 아늑한 빛과
아름다운 향연 속에 취해 보며 구경하다가

언뜻 눈에 들어온
한쪽 귀퉁이에 놓인 솟대 기러기 한 쌍

그리운 별꽃 눈매처럼 나를 바라보는 그들에게
날개 달아주고 싶어져
사들고 돌아오네.

뭉크라는 이름 붙여준 태풍

정릉 아리랑시네센터 벽보에
찢겨진 얼굴로 우는 포스터 몇 장
빗물로 빗금무늬 그리다가
흐린 필름처럼 얼룩져 있네

게릴라성 호우가 밟고 지나간
검은 건반의 성난 울음에
해일의 파도는 넘쳐나서
꿈의 바이킹호
북극해를 무사히 건너 오슬로에 가 닿았을까

뭉크는 내 안에서
허파 다 드러낸 쓸쓸함과
우울의 그물코를 깁고 있다가
늪의 수렁보다 더 깊이
빨려 들어가는
생의 막막함 속에서 몸을 바꾸네

아무도 모르네
미친 듯이
제 혼자서 속병 앓다 신의 목장을 떠난 채
찢긴 살점으로 사라져 버린 그를.

산수유꽃

숲속의 길은 고요처럼 은밀히 눕고
낯선 길보다 더 멀리
그리움은 뻗어 있네

그대
가슴 다 뚫린 채
푸른 슬픔으로 뼈가 녹다가
한순간 미칠 듯한 절망에 빠져 죽는
그러나 피 흘리지 않는 꿈이어서

노오란 산수유꽃처럼 그리움이
헝클어진 마음속으로 한없이 퍼져들 때
그대 찾아 길 떠나리.

따뜻한 눈물을 위하여

무엇인가
우리를 때때로
삶의 한 켠으로 떠밀어 내려는
그것들의 정체는

침묵하는 꽃무늬 벽지는
절망을 어둠처럼 두르고
이 한밤 버릴 수 없는 고뇌 누더기처럼 끌어안고
깊은 밤 물소리로 흘러가는데

그대는 듣는가, 듣고 있는가
끝내 잠들지 못하는 어둠산처럼
푸른 시간 속을 건너가려는
은둔자의 꿈들이
커다란 생의 봉지 안에 담겨진 아픈 영혼처럼
울고 있는데
우리는 그것들의 정체를 조금도 알지 못한다

그러나 그대는 보아라
가장 아름다운 자유를 늘 갈망하면서 살아온

우리의 삶의 관절들마다
저 고통의 항아리 속에 담긴 채
고요의 빛과 순수로 눈물을 빚고
마침내 따뜻한 우리들의 이웃과 함께 나누는 것을.

가시연꽃 내 어머니

고랭지 심어놓은 배추들
젊은 날 그 싱싱했던 푸른 꿈의 배춧잎들
이젠 허옇게 삭풍이 들어
시큰거리는 무릎 관절로 나들이도 제대로 못하시다가
굽은 등뼈 마른 모래산 되고

수척해진 목숨
녹슬어가는 세월로
깊은 응어리 옹이마다
한순간 미망의 꽃을 피우셨는지
언듯언듯 풋잠에 빠지시던 어머니
시간의 우물 속에
당신의 집 한 채 지어놓으시고
하염없이 그 안에 앉아 계시네요

이승 기억 줄 놓치시고
고통만 끌어안고 사시던
어머니의 생은
바람 불꽃 심지 태우시듯
그렇게 가시연꽃 한 송이 피우셨네요.

2. 푸른 생의 비밀을 여는 시간에

백야제(白夜祭)

생의 길은 어디에 있는가

아름다운 우주의 고요처럼
빛나는 견고한 사랑처럼
생명의 핵처럼 눈부신 것인가
무변의 반짝이는 울림 한 조각
그대 가슴에서 회오리 쳤는가

생의 길은 어디에 있는가
갈구하던 고뇌로 들끓던
잠 못 이루는 밤에
그대 끝내 목숨의 끝을 내어놓다.

생명 연습

자존의 낡아버린
빈 둥지만 남아 있는 내 안에서
불현듯 꿈꾸던 추억의 애벌레가 기어나온다

끝없는 열정의 망으로 낚아채 오던
희망 사랑 그리고 고뇌란 이름들의 곤충들이
어느 새 다 빠져나가 버린 채
텅 빈 가슴에다
나도 모르게 압정들을 무수히 꽂고 살아왔다

나도 가끔은 압정들을 빼어버리고 싶다
압정 빼어낸 자리마다엔 침봉처럼
향기 가득한 프리지어 한 송이씩 꽂아 보고 싶다

내 가슴에도 어느 날
꽃망울 터뜨리며
노오란 프리지어 꽃입술들 일제히 발성 연습을 한다
아 애 이 오 우—

열쇠

아직도 우리에게
더 살아야 할 남은 생이 있다면
그건 미처 알아내지 못한
생의 비밀이 남아 있기 때문이다

가끔은
잃어버린 푸른 꿈의 열쇠를 찾다가
빈 집 앞에 서 있는 듯한
처연한 슬픔에 잠긴다

그래
상처난 영혼 아닌 삶이 어디 있으랴

살다 보면
때로는 허망의 끝에서
피 흘리던
생의 꿈을 물어뜯는 절망뿐이지만

우리 생의 울타리에서
추위를 견디고 있는
저 꿋꿋한 쥐똥나무는 겨울 꿈을 꾼다

쥐똥나무여
쥐똥나무여

그대가 보여주는 희망의 믿음으로
우리는 묵묵히 인종(忍從)을 배우면서
생명의 푸른 열쇠를 가슴속에 간직한다.

적조주의보

그대 붉은 물결로 띠를 두른 채
눈먼 나비처럼 바다로 떨어지누나

식물성인 내 가슴에다
클로다니움 플랑크톤 과잉 번식시키고
감당할 수 없는 죽음의 띠로
서서히 목을 조여오누나

내 사랑은
산소 감소와
유해물질로 뒤덮인 채 죽어가는 물고기어라
흘린 피와 상처마다
향토 진흙 뿌려대지만
당신의 무모함은 막지 못한다

해수 온도 낮추며 하염없이
자연 소멸될 때까지 기다리지만
죽은 사랑은 적조주의보이다.

안개꽃

참 따뜻한 햇살받아 하얀 모빌처럼 흔들리는
안개꽃 속에는
황홀한 아기 물방울들 숨어 있나 봅니다

내 아기가 되어줄래
오늘도 빈 꽃병처럼 허전한 나는
안개꽃 한 무더기 끌어안고 묻습니다

어디선가 저 혼자
어두워지던 길목에 서서
엄마를 기다리며 눈물 글썽이던 유년의 내가
오랜 그리움처럼
무수한 하얀 별의 향기 머금은
안개꽃으로 자꾸자꾸 피어납니다

저것 좀 보아
슬픈 머리칼을 빗겨주시던 어머니가 웃고 계시잖아
내 어머니 안개꽃은
가슴 가득 번져나던 꿈의 우윳빛 젖망울로
아기 물방울들 달래주고 있습니다

내가 어머니 되고
어머니 안개꽃으로 웃으시는
참 따뜻한 한낮의 햇살 아래 하얀 모빌은
아기 물방울처럼 흔들립니다.

만년설

삶의 길을 묻지 않아도
가야 할 길을 알 수 있는 건
외로운 생존의 피 흘림 때문일까

벅찬 내 생의 무게를 떠메고
멀리 멀리 떠나는 연습으로
노르웨이 북쪽 안델레스산 정상에 올라서면

온 우주의 호흡으로 끌어당기는
저 시리도록 눈부신 순수와
흰 옷 입은 성자인 만년설을 만난다

눈먼 새의 날갯짓엔 비상구가 없듯이
제 상처 깊이만큼 비어지고 비어지다가
시린 목숨 두께만큼 얼어붙는 빙산을
트롤 산신령이 지켜주는
절대의 신비로움과 고요로움뿐

우리가 끝내 지켜야 할
고고한 양심과 진실을 위하여
꿈꾸는 사랑 혹은
아름다운 생의 상처를 품고서야
우리는 천년 시간을 붙들어 둔 절망처럼
스스로 무릎을 꿇는다.

숯가마 체험장에서

참나무 장작더미 쌓아올려
닷새 동안 불 지피며
숯을 굽는다
30여 년 된
참나무를 벌목해서 숯을 구워낸다

깊은 정적 속
몸 태우며
이승 태워가는 불꽃
그 허무한 흔적이여

섭씨 1500도 가마 속 온도
백탄 흰숯을 빼내고
하루 지난
가마의 뜨거운 열로 찜질을 하면

아픈 상처마다 눈뜨고
시간의 검불들
재 되어 흩어진다

여기
참나무 숯가마 찜질을 하며
오랜만에
나도 시원(始原)의 꿈 꾸어 본다.

겨울비 떠나가다

오랫동안 길을 헤매다
막다른 골목길로 들어섰을 때
나는 기꺼이 독주를 마시고야 말았다

처음이자
마지막인 것처럼 마셔버린 술

술에 취하지 않고도
나는 불춤을 출 수 있었다
불꽃 심장 활활 타올라서
너무나 깊은 목마름을 그에게 나누어 주었다

마지막 사랑이고 싶어 그의 속삭임에
나는 독하디 독한
한 줄기 희망까지 다 마셔버렸다

맨발로 뜨거운 사막 위 모래 위를 걸어 다니다가
깊은 강물 아래로 가라앉은 채
꿈속을 흘러 다니면서
마침내 나는 꺼이꺼이 울고 있었다

쇠톱날 끊어질 듯 슬픈 노래가
내 가슴을 참담히 베어내 버렸을 때

갈기를 날리며
검은 말 한 마리
내 안에서 슬프게 떠나갔다.

불면을 파는 편의점

시간의 하얀 꽃들로 불 밝힌
24시 편의점에선
상품은 팔지 않고
불면만 판다는 소문을 들었습니다
질척거리는 우리네 삶
응어리진 갈망을 포장해서 판다고 합니다

편의점 진열대 위에
온갖 날개옷 입은 상품들
줌렌즈의 앵글을 맞추어 보면
아름다운 무도회인 듯 제각기 뽐내면서
손님을 기다립니다

불면을 갉아대는 고요
새벽 밝을 때까지
검은 뼈마디 세운 바코드의 굶주림
실어증 걸린 편의점 불빛은
허기진 희망 하나라도 건져가기 위해
밤새도록 불 밝히고 있습니다.

전광판은 푸른 바다처럼 출렁인다

오로지 신념의 푸른 힘 하나만으로
힘겨운 세상 파도 헤치며 살아나갈 수 있을까

서서히 암호의 바다처럼 문이 열린
감당하지 못할 생의 번뇌를 껴안고
지하 계단의 슬픔 따라 내려가다 보면
과음한 해초들처럼 흔들리는 것을 본다

양심과 정의는 이미 오존주의보처럼
거친 숨을 내쉬고
잃어버린 시간들

빌딩 숲을 헤맬 때
네온은 휘황한 웃음을 흘리며
마악 피돌기 시작한
모반의 어둠에 어깨를 기대네

방목된 자유는
출구를 찾지 못한 새 떼들의 군무처럼
화려하지만
화염 속 울부짖는 구원의 외침소리
비명 같은 우리 목숨도 정녕 아름다운가
도시의 밤엔.

옥색 화병

낡은 반다지 위에 올려놓은
옥색 화병 하나

어느 새
내 안에다 길을 내고
그윽한 눈빛으로 바라보고 있습니다

눈을 감고 숨소리 들으면
오래 묵힌
그대 닮은 그윽한 향내 되살아나고

아린 울음들
가느단 실핏줄로 돌아 돌아옵니다

제 열정의 불덩이조차
삭히지 못한 채
꿈앓이하는 언어

마침내
그대 내 안에다 길을 내어
꽃대 세운 겹겹의 꽃송이로 피어납니다.

버려진 서랍의 노래

아파트 담벽 아래
죽은 물고기 입처럼
버려진 서랍 하나 뒹굴고 있네

그 단단한 함묵으로
더는 출항을 꿈꾸지 않는 녹슨 배 하나
낡은 서랍의 비애들
아직도 무언가 기다림에 꿈꾸고 있나요

그대 본향으로 돌아가야 할
쓸쓸한 귀로
기억 속 찬란했던 열망의 바다며
푸른 불의 추억과
켜켜이 먼지 쌓인 도시의 욕망들까지

잊혀진 노래 속에
영혼의 쉼표처럼 쓸쓸하여라
버려진 서랍 귀퉁이서 삐져나온 녹슨 못 하나
불현듯
그대 옛 상처를 찌르고 있네요.

빙점(氷點)을 살아가다

온종일 서툰 가위질로
세상 흐린 풍경을 오려내던
그의 한 줌 희망은 빙점이었다

디지털 그물 속에 갇힌 물고기 한 마리처럼
생의 마우스는 그를 조종하고 있어
속도의 블랙홀 속에서 실종된 채 떠다니는 그는

어둠이 내리면
홀로 빈 술병으로 뒹굴다가
끝내 습관성 우울증에 저당 잡힌다

치유될 수 없는 디지털 시대의 꿈
오래도록 침묵을 강요당한 일회성의 삶은
진정한 가슴을 잃어버렸는지
모니터엔 언어의 앙상한 뼈만 직각으로 그려진다

오늘도 불투명한 미래를 살아가야 하는
그의 고단한 삶은
교차로 광고지 얼굴처럼 삭막하구나
불현듯 생의 전원이 꺼지면
그를 닮은 누군가가
모니터에서 흔적도 없이 사라진다.

단풍잎도 때로는 꿈을 꾼다

언제부터인가
내 마음속에 우체통 하나 세워두었다
온종일
수평선만 바라보던 지친 섬 하나처럼
허기진 꿈 다 채우지 못한 채
쓸쓸히 돌아오는 밤이면
내 마음속 빨간 우체통엔
온통 영혼의 아름다운 연서들로 가득 차 있었다

두려움과 갈망으로
조심스레 열어가면
사각의 봉투 안에서 더욱 투명한 언어들이
비눗방울처럼 터져 나온다

어디선가 들려오는 단풍잎들의 노래
뜨겁던 피들의 아우성처럼
사랑, 꿈 그리고 그리운 이름들이 출렁거린다
나와 이야기하는 아름다운 축제
오늘도 지친 생의 아픔을 감싸주는
단풍잎으로 꿈꾼다, 나는.

정릉 숲의 빗소리

밤새도록
나무들의 가슴 뼈 빗질해댄다
상상력의 현(絃)으로 빗질해댄다

마음 깊숙이 바느질해 가던
빗소리였을까
아니면
내 잠 깨워가던 바람이었을까

정릉 숲속
수령 육백 년 된 느티나무의 가지 위에서
태조 혼백 환생한
까마귀 울음소리처럼
계비 강씨 왕후 무덤을 지켜주던 것이었을까

조선왕조 오백 년
그 허무한 그림자는 젖어들고
이제는 그 무엇이 정릉 숲에 남아 있을까

생모시 한 필 길게 깔아놓은 듯
밤새도록 목숨 피를 잣는
적막 속의 빗소리
안타까운 세월의 진혼곡만 떠돈다.

화분論

늘 허공을 담고 있던 나는 빈 화분이었다
감히 가 닿을 수도 없었던 허공
그러나 내 스스로 꼭 피워가지 않으면 안 될
생의 커다란 허공을 바라보며 살아왔다

언젠가 그 허공까지 뻗어오르기 위해
스스로 길이 되기도 했던
내 마음의 뿌리

삶의 무게와는 아랑곳없이
기다림만으로 살아온 나날들
시간의 푸른 피가 꽃 피워줄 날을 고대하면서

이제야 깨닫는다 몸속의 고통들이
내 생애에 눈부셨고
환한 빛이 되었고
물소리로 흘렀던 것을
왜 그렇게 오랫동안 나를 흔들며 적시어 갔는지를.

관음죽을 바라보며

52

　삶의 깊이마다 매운 향기처럼 와 닿던 아픔과 상처들 어느새인가 그대 마음밭에 갈증으로 자라고 있었습니다 지친 삶의 꿈과 절망 사이에서 내 살아온 날들의 열망은 무엇이었을까 불현듯 자문(自問)해 보며 우울의 잔뿌리 잘라내지 못하여 불면의 밤에 그대 만나기 위하여 깨어 있는 시간 시린 초승달의 가슴으로 마음의 빈터에서 누군가를 기다립니다 세상의 등불 막다른 골목길에서 비추이던 외등처럼 쓸쓸히 서서 끝없는 사랑과 희망만이 나를 지켜주리라 하늘의 별들 내 가슴에 하나씩 묻어가면서 집착의 껍질 벗어던진 고요처럼 오늘 밤에 다시 무심(無心)의 그대를 만납니다.

3. 물방울로 마침표를 찍는다

3. 물방울로 마침표를 찍는다

희망의 나이테를 세어 보다

어둠이 숲을 삼킬 때까지
유괴당한 희망은 찾을 수 없었다
어쩔 수 없이
우리는 生木가지 끝에서 퍼져나가는
끝없는 절망을 따라갈 수밖에 없었다

빈 숲의 골짜기에 잠복해 있을까
목 잘린 희망은 어디에 있나
육신의 욕망 뼈처럼 부러지는 나뭇가지 끝
바람의 공허한 울음소리를 계곡에 던져 본다

인질로 잡혀 있는
세월이란 두려움을 찾아서
피투성이 발로 헤매던 나날들
나의 견고한 믿음은 어디에 있는가

생의 아픔 자책하듯
낯선 공복에 굴복해 갈 때도
나는 마지막까지 한 가닥 희망이란 나이테를 세어 본다.

배꼽에 관한 단상

너는 외눈박이다
식욕과 탐욕의 중심부에 박혀
호시탐탐 흘겨보고 있는
어긋난 삶의 구멍 찾기에 지친 단추다

잉태의 꽃잎처럼
온 우주를 끌어당기는 가장 부드러운 입술
너는 새 생명의 씨앗이다

웃음과 눈물 피에로의 꿈처럼
삶의 흔적으로 찍혀 있는 너
아름다운 존재여.

매에게

매일 하루 한 알씩
인히베이스 2.5미리그램을 복용하여야
정상으로 내려가는 혈압

퇴색한 장미 꽃잎이던 나는
비로소
새로운 하루치의 삶을 부여받고
새 피돌기를 시작하면서
잠시 현실의 고단한 꿈과
세상적 욕망도 내려놓고 음악을 듣는다

꿈결 같은 트로이메라이의 선율
마음의 물소리로 귀가 젖고
영혼은 바다기슭에 천천히 가 닿는다

끈적한 해초처럼 흔들리는 운명이여
비릿한 절망으로 목을 감던 검푸른 파도여
세월이란 보이지 않는 가시에 찔린 채
실종된 행복의 피를
수혈받을 수 없는 나날이여

이제 더는 기다리지 않으리

차라리
팽팽한 생명력의 날갯짓으로 달려드는 매의 발톱에
내 스스로 간을 내어주고 말겠네.

새

푸른 새 날기 전에도
나는 알고 있었을까

물결무늬로 퍼져가는 무수한 날들
물속 향해
내 마음 다 던져주었던 것을

어머니의 바다 깊은 물속에서
수만 년 시간들 물의 뼈로 쌓이고
우주 영원한 수레바퀴 돌아서
내 이 생의 향기로 태어난 것을

사라진 전설의 도시 아틀란티스
물고기 비늘 번쩍이던 꿈은
또 어디로 가라앉아 버릴 것인지
아득하다 내 이름이여
이 지상의 도시도 흥망성쇠도
또한 깃털처럼 날아가 버릴 것을.

풍경 속에 길을 놓치다

바람소리
물소리를 닮아버린 양수리엔

세상 밖으로 놓인 신경의 외길처럼
목숨이 울음 재워둔 강줄기에
마음 베이듯
눈부신 빛을 따라가다가

아득한 물결 위
새삼 들추어 본 기억도 젖고 젖어서
길을 잃은 채
숯불 같던 열망도 재가 되어서

이제는 산빛 되어 머문
적막 고요이어라.

숨은 꽃

층층이 고운
마음의 무늬처럼 세상을 열 때
진실로 아름다움 속에서만 피어나던 꽃
어디 있느냐 나의 숨은 꽃아

잃어버린 너를 찾기 위하여
길 없는 길과 온 숲을 헤매던
우리들의 놀이를 끝내야 할 시간
어둠으로 셔터를 내리면
빌딩은 갇히고
밤마다 낙화하던 우리의 가난한 희망이 몇 개의 별들로

끈질긴 삶의 거미줄에
눈물 날개 서러운 꿈처럼 걸려 있는 것을
삶의 무거운 중심에서 아슬아슬 줄타기하던
고독한 몸부림을 너는 아느냐

태풍 바트가 북상하면서
폭풍과 비바람에 제 몸을 꺾는 나무들처럼
침묵의 뿌리로 뻗어가던
도시의 어딘가에
스스로 다스리지 못한 허욕 때문에 녹슬어가던 영혼이
검은 울음으로 무섭게 울어가는 밤
숨은 꽃아 너는 어디서 듣고 있느냐.

햇살무늬는 따뜻한 가슴을 닮아 있다

자전거 바퀴살 속에 번쩍이는
햇살무늬는
날개 아름다운 그물망
사이사이로 빛나며 눈부시다

부드럽게 제 몸 굴리는
바퀴살 뼈마디에선
빛과 노래 실은 음표들이 돌고 돌며
내게 무한 부드러운 눈빛들을 던져준다

가야 할 곳을 알고 있다
햇살무늬는
맨 처음의 따뜻한 가슴처럼 둥그런 사랑이어서
거친 세상 길 향해 힘차게 달려 나간다.

견고한 뼈를 위한 노래

숲속 나무들
수천 개의 거울을 들이대고 있다

눈부신 빛살 아래
창창히 부서지는 가슴 조각들

우리들 기도가 찬란하여도
아무것도 구원의 증거 보이질 않아
소리 내어 울지 못할 때
제 심장만 태우는 적막 고요

버려라
여기 숲속에선
세속 허욕의 이름들도

수천 개의 바늘
입에 물고 흩어진 뼈
칼날 바람은 숲을 흔들며
결빙의 겨울산을 깨워간다.

여름의 표정

봉숭아 꽃잔치 열리던 충주시 이류면
갈채와 기대의 숨소리가
한마당 어울림의 밤을 태우는
모닥불 속에
너울너울 한없이 춤추던 여름 향기 퍼져 가서

죽은 나무로
삶의 슬픔과 가난을 태우는 장작더미에
불을 당기는 허공이 보이고
세상 비추는 거울 속엔
가시연꽃의 말없는 고통이 보인다

별떨기 어둠 속에서
파초 그늘 돌아나온 바람 냄새도
저수지 물소리로 살살 풀리며

축제 깊어가던
특이한 질감들이
갇힌 세상 속 시간의 빛들 해방시키는
한밤내
열망의 여름아
그 몸짓 아름답구나.

베수비오 화산

등 굽은 순례자
지팡이로 찍어대며
가쁜 숨 고르며 올라가던
베수비오 화산의
적막 눈빛은
억겁 넘나들던 메시지다

활 활 타오르던
내 안의 타고 남은 잿더미
아득한 불구덩이 속에
흔적이 상처처럼 맞닿아 있다

시공(時空)의 유배지에서
마음의 경계 비어져 있다
까마득한 계곡 아래로
내려 보내던
비밀스런 목소리

아무리 해도 닿을 수 없는
내 마음
수천수만 흰 나비 떼로 날갯짓하며
날려 보낸다

여기 베수비오 화산에
허공으로 치닫던 연모의 잿더미들
불구덩이 속에 삭아져 있다.

내 가슴속 뽈새피리 소리

황사바람 어지러운 서울 인사동 골목 한켠에서
오늘도 뽈새피리 파는 아저씨
부서진 햇볕과 먼지와
잃어버린 숲을 그리워하는지
늦골 뼈아픈 울음소리로
뽈새피리를 불어대고 있다

나도 요즘엔
내 가슴속에서 슬프게
뽈새피리 소리로 울어대는 울음소리를 듣는다

배반하는 말의 위선처럼 독도를 죽도라며
자기네 땅이라고 우겨대는 일본인의 망언과
역사 왜곡 교과서도
우리에겐 풀지 못할 분노와 아픔이어서
슬픔으로 온종일 뽈새피리를 불어갈 때
내 가슴속의 동해파도는 숫구치며 울어간다

독도여 영원한 돌섬이여
비로소 잠든 역사의 혼을 다시 깨우고
독도 사랑을 일깨워 준 내 가슴속 뽈새피리 소리여.

한강의 얼굴을 보다

발효된 시간의 흔적이
안개로 떠돌 때
절망의 강물 속에서
꺼이꺼이 울어가는 부끄러운 영혼을 본다

불확실한 세상
우리들 의사소통마저 단절된 채
침묵의 언어
빛나는 물결에
자꾸만 은빛 칼날로 베이던 허기진 꿈의 물무늬

한강은 알고 있다
수천 년 세월을 푸른 젖줄로 흘러가서
뼈저린 역사의 상처와 그 눈물의 의미를

정녕 잊혀진 것들도
잃어버린 것들도 모두 다 흘러만 가는구나
이제 삶의 욕망 그 허물을 벗어
여기 무심한 강물에다 던져 간다
주문처럼 떠내려가는 슬픈 얼굴을 본다.

대웅보전으로 오르며

　살다 보면 누군들 삶의 비탈길을 만나지 않으랴 오르다가 숨차 오면 잠시 쉬어가다 천천히 오르면 마음까지 절로 열린다는 개심사 경내 한가운데 연못의 나무다리 건너 대웅보전으로 오른다 문득 내 안에 풍경처럼 달린 우울의 물고기가 흔들린다 적막 고요 속 나를 깨우는 풍경소리 나는 스스로 만든 사슬을 발목에 감고 거친 세상의 바다를 건너왔었구나 파도치는 물결마다 접혀지던 번뇌의 주름살로 살아온 나는 전생에 한 마리 물고기였구나

　저마다 다른 생의 빛깔이 아름다운 것을 꽃비 내리듯 흩날리던 벚꽃을 본다 눈물빛 시간의 소멸처럼 무수히 번쩍이던 물고기의 은비늘을 털어가던 꿈들의 풍장이여

　한 생애 그물을 던져 온 나에겐 무엇이 낚아 올려졌을까 덧없는 세상 것들에 목을 매던 헛된 욕망의 밧줄을 끊으리라 여기 개심사 대웅보전 앞 돌탑 어머니의 발원을 떠올리며 나는 다시 물고기 뱃속에 들어앉아 고뇌한다 나의 쓰라린 참회여.

삶의 흔적

속울음 깊어서
후두둑 난 꽃잎 떨어질 때마다
어지러운 꿈속에선 트롤의 울음소리
내 잠든 혼을 깨우고
오늘도 또 누군가가
내게서 등 돌리고 떠나갈 것 같은 두려움에 젖는데

한순간 은백색 기억의 구겨진 자국들이
고통의 실금처럼 무늬를 그려내고
아주 오래 전
지워지지 않는 상처의 핀 하나
내 가슴에 꽂힌 채 빠지지 않는다

고고히 빛나던 추억의 푸른 집엔
아직도 트롤 수호신이 있어 나를 지켜주듯이
믿음 하나 내 사랑과 손잡고 있음을
아픔과 슬픔의 넓이만큼
세상의 강물은 가 닿을 수 없어 아득하지만
삶의 흔적 또한
깃털처럼 아주 가볍게 날아가고 말 것을 알리니.

부레옥잠

누군가 보이지 않는
손가락 끝으로 건드려서
살짝 물의 고요한 파문을 일으켰다

순간 부레옥잠의 모세혈관이
활짝 열리더니
보랏빛 뜨거운 꽃입술이 벙글었다

둥근 잠의 울림으로 퍼져나가는
연못 물결
부드러운 물방울이 명상의 물음표를 털어냈다

부레옥잠은 나의 삶을 지켜주었다
물 위에 떠 있어도
든든히 뿌리내리는 목숨
제 홀로 향기롭고
전혀 가볍지 않는 그녀의 세상살이는 씩씩하다

세상 삶을 놓지 않으려는
끈질긴 생명력으로
부레옥잠은
내 삶의 아득한 중심으로 밀어올린다.

겨울 수선화

오늘도 너를 위하여
생의 가시 옷을 짜는 고뇌의 밤에
신경줄 타고 흘러가는
가느단 푸른 추억 하나

지나가 버린 것은 아름다워라—고 말하는 순간
노오란 나비 떼 거울 속을 날아다닌다

그리움이 어둠 귓속으로 숨어들고
칼바람에 궁핍의 손 흔드는
함묵의 긴 겨울 밤

따뜻한 눈물 빛나던 생의 보석처럼
로테르담 추억 속 나의 집
커단 창 너머로
나를 부르며
노오란 수선화들 웃고 있네.

마로니에 나무는 말하네

밤새 영혼의 창 지켜보던 별처럼
따뜻한 눈빛으로
마로니에는 그대들에게 말하네

빛으로 오는 아침처럼
그대들 안에 숨어 있는 푸르름의 힘
희망찬 내일 향해 나아가는 힘이 있고
열정과 젊음의 날들이 그대들에게 무한 펼쳐져 있으니
가슴속 깊이 우주를 품으라고
가슴속 넓은 푸른 바다를 품으라고

댕 댕 댕
가슴속 깊이까지 울려오는 소망의 푸른 종소리
겨울 눈바람 속에서도
꿋꿋한 인내와 의지로 한 계절을 견디는
나뭇가지 위에선
사랑의 둥지 속 새들이
그대들을 위해 노래하고 있네

겨울 가고
비로소 봄을 여는 푸른 산자락
마로니에 나무들 꽃등을 켤 때
하늘 가득 찬란한 비상의 날갯짓을 위하여

마로니에 나무는 오늘도 말하네
그대들이여
그대들 앞에는 무수한 열린 길 있으니
세상 향해 거침없이 나아가라고 말하네.

내 열망의 깃털 하나

가을 산은 빈 집이었다
우주의 한 끝에도 닿지 못한
단풍잎들 그 뜨거운 혼들이
무수히 떨어져 뒹구는 마음자리가 아릿하다

누추한 햇살들 참빗질 해대던
그늘진 계곡의 구석마다 숨겨놓았던
서늘한 물소리 자락을 꺼내놓는다

젖은 가슴으로 흘러가면서
다 부서지고 남아 있던 산빛 고요가
안타까이 손을 흔든다

잘 있거라
무심한 내 운명이여
한 생애 불태웠던 욕망과 눈물까지도
모두 버린 채 비어버린
가을 산 겨드랑이에서
마악 날아가는 열망의 깃털 하나여.

물방울로 마침표를 찍는다

지금 내 손에 들려 있는 풍경액자 속엔
드러누운 산들의 지친 어깨와
늙어버린 햇볕 얼굴과
상상력으로 떠돌던 구름이 멈춰 서 있다

세상은 닫혀진 창문
자물쇠 걸려 굳게 닫힌 풍경은
기다림의 문이었다

고요한 여백의 풍경
아무도 깨닫지 못하리라
시든 추억 속 침묵이 껍데기로 뒹군다

한순간 꽃으로 피었다 지는
나의 사랑이
풀어놓은 빛의 실타래로 눈부시지만
그것도 마침내 한 생의 마침표임을 알게 되리라.

상처를 위하여

단단해진 집착의 근육이다
자꾸자꾸 문지르면 묻어나는
슬픔의 비명으로
날마다 조금씩 죽어가는 피

마음을 떠나
당신이란 과녁을 향해 날아가는
화살 멈출 수가 없구나

내 안의 모든 것을 빼앗아 가버려
아직도 환히 드러나 있는 뼈
생의 아픔이
순결한 목숨 껍데기처럼 뒹군다

언듯
상처의 돌기에 당신 손이 닿는 순간
중독된 사랑에 체한 채
나에겐 시퍼런 멍 자국만 남긴다.

백련지(白蓮池)

고요 속의 하얀 섬이다
아름다운 적막 무늬 황홀하다

꽃잎 그윽이 열리고
제 스스로 소멸하던 우주 고요
의미로 지은 색색의 마음 집에선
연꽃 가득
눈부심으로 환하다

오래 삭인 사랑으로
물의 꿈 털어내면
물결 지문으로 찍히는
아쉬운 생의 흔적들

물속 깊이와
마음속 깊이마다
제 가야 할 길
스스로 밝히는 등불로
하얗게 뿌리 내리고 있는 연꽃이다.

얼음꽃

연둣빛 꿈을 그리던
나는 얼어붙은 불꽃의 심장입니다

긴 동토의 시간
눈보라를 헤치며
아릿한 기억의 시간을 걸어 나와
내 심장에 푸른 별 하나
박힙니다

그대 알고 있나요
우주의 문고리 확 잡아당기며
열어 젖혔을 때에
지울 수 없는 내 열망의 아름다운 눈빛을

한순간 베어지며 얼어붙는
칼날 겨울바람은
검푸른 파도를 물어 뜯어가고
나는 지금 환하고 뜨거운 심장으로
노래 부릅니다.

북한산 연가

젖은 초록 숲을 떠돌던 바람에게 물었네
촉촉이 젖어 있던 계곡 속
내 추억들을 보았냐고

수런거리는 새, 나무 그림자, 잎새들
촘촘한 시간의 그물들
햇살 위로 내리는 걸 만났냐고

언제부터인가
내 안에다 꿈의 말들 나무처럼 심어가고 있었네
눈부신 한 생에 가 닿기 위하여
등불처럼 나무들 심어가며 살았네

북한산 오르면서 나는 깨닫네
지친 꿈도 열정도 아니었네
그건 내 삶의 눈부신 묵언의 기도였음을.

그대 이름으로

여기 작은 들판 위에
가만히 와서 멈추네

시간이 와서 누워 있고
하얀 꽃들 혼 뿌리듯 눈부신 햇살이
못다한 이야기가 남아 있는지
풀잎 곁을 떠나는 바람 잡아당기고 있네

여기는 숲이 아니네
작은 들판일 뿐
나무를 가두어 둔 숲의 사슬은 없네
길을 가로막는 어둠의 뼈도 보이지는 않네

흔들림 속에서 아름답던 시간
비어 있는 삶과 평화스런 공간이네
새와 나비와
바람들의 집이네

우리 들판에 서면
지워지지 않는 누군가의
깊고 먼 그대 이름으로
언저리에 남아 있는 그리움만 가득하네.

호랑가시나무

저녁
초콜릿 향기가 숲을 퍼져 나갈 때
어딘가에서
나에게 손을 흔들어 주며
날아오르던 새
어둠의 둥지에다 깃을 내린다

내 단단한 혼의 뼈다
목숨처럼 서 있는 나무
호랑가시나무는 어둠 속에서
죽음보다 더 깊고 차디찬 흑요석 정신으로 빛난다

누구도 알지 못하는 가슴 깊숙이
호랑가시나무는
고뇌와 아픔 꿋꿋하게 견디고 있는 것을
나는 보았다.

빈집

등굽은 소처럼
머리 위 무거운 짐 이고서
가파른 언덕길 오르내리시던
숨차던 어머니의 관절염은 깊어 갔었네

자줏빛 감자꽃 필 때면
불현듯 어머니 기침소리 들리는 듯
옛 기억들 젖은 꿈들
무명실로 풀려 나왔네

푸른곰팡이 여기저기 피어 있는
빈집을 보며
고단한 내 어머니 한 생애는
깊고 어두운 항아리 속 공허였음을 깨닫네

아무리 쏟아 부어도 채우지 못한
어머니의 사랑과 헌신
서늘한 물그림자로 출렁였던 항아리 속이었는데
이제는 빈 목숨 껍데기만 말라 있었네.

물속의 의자 하나

홀로 늙어버린 물주름 마음을
고요로 펴가던 여자

깊고 어두운 물속엔
검푸른 피 흐릅니다

침묵의 살만 태워가도
참혹한 세월 바느질해 가도
한 방울 눈물 흘릴 수 없어
여자의 한 생애
갈망 묻어둔 벙어리 영혼 속에
가시나무 새 한 마리 둥지를 틀고 있습니다

마른 뼈 앙상한 슬픔으로
못이 박힌 채
시간의 허공으로 만든 의자 하나
물속에 놓여진 그 의자엔
여자는 없고
여자의 빈 그림자만 검푸른 물결로 흔들리고 있습니다.

가열함, 그 동일성 지향

강희근(시인)

1.

가영심의 시는 가열한 세계로 보인다. 단순 서정이나 일순의 심정에 대한 일차적 반응이기보다는 길고도 험한 생애에 대한 접근으로 인간의 어쩔 수 없는 본질에 닿고 있다. 그런 면에서 가영심은 보다 종교적인 패턴을 보여주는 시인이 되고 있는 셈이다.

2.

그런 종교적인 패턴을 드러내 보여주는 시는 〈생을 염색하다〉이다. 시집 첫머리에 놓인 시다.

이 계절 더욱 무성해진 꿈으로
살 속 깊이까지

아롱 빛깔로 쪽물 들이고 싶어

가끔은 삶의 빈 잔
허물 껍질로 벗어두고
색색의 넓은 천 하나
내 삶의 배경으로 걸어두고 싶다

함묵으로 지새우는 밤은
외계의 불빛들마저 차단 당한 채
가느다란 잠의 혈관 흘러가는
오직 사유의 소리만 깨어 있는지

바다제비
절벽에다 피 토해 짓는
마지막 세 번째 집처럼
내 마음 안에다
천불천탑 지어가며

직녀봉 꼭대기에 걸어둔 달이여
이 밤 내가 너를 바라지 않는다면
무얼 더 기도하랴.
―〈생을 염색하다〉 전문

따옴시는 마음 안에 천불천탑을 세우며 본원의 세계로 가고

자 하는 지향을 보여준다. 마지막 연의 '달'이 그 지향의 상징어이다. 종교적인 염원이 달로서 형상화되는 것은 신라 노래에서 비롯된다고 할 수 있다. 신라 선덕왕 때 사문인 광덕(廣德)의 아내가 지은 작품으로 알려진 〈원왕생가(願往生歌)〉가 그 연원으로 볼 수 있다.

달하 이제
서방(西方)까지 가나이까
무량수불 전에
가시어서 사뢰주오
다짐 깊으신 불존에게
우러러보며 두 손 모아
원왕생 원왕생 하며
그리는 사람 있다 사뢰주오
아으 이 몸 끼쳐두고
사십팔대원을 이룩하오리까

〈원왕생가〉는 하늘에 떠 있는 달이 서방정토까지 갈 텐데 가서는 바로 부처님에게 원을 올리고 있는 사람이 있다고 아뢰어 달라고 부탁하는 내용이다. '달'을 향해 직접적으로 간원하는 내용이 〈원왕생가〉라면 가영심의 〈생을 염색하다〉는 '달'을 향하여 '나'의 실천적인 면모를 형상화를 통해 전달해 주고 있다. 그렇다 하더라도 종교적 염원의 수탁 대상으로 '달'을 선택

했다는 점에서는 다르지 않다. 전통적인 하나의 맥을 짚어 보게 한다.

가영심의 시는 현대적 의미의 형상화가 여러 개의 장치로 드러난다. 첫째로 관념에 관련되는 부분을 이미지로 대치해 놓았다는 점, 둘째로 진행 구조를 내용과 형식의 어우러짐에 초점을 잡았다는 점, 둘째 안에서도 세밀히 들여다보면 종결사의 다양한 변화에 힘을 주었다는 점 등을 짚어 낼 수 있다. 어쨌든 가영심의 총체적 지향은 천불천탑을 짓는 내공의 자세에 있다. 그의 시가 매우 절망적인 요소를 많이 내포하고 있으면서도 결국은 바닥으로 떨어지지 않고 있는 것은 그의 염원이 기댈 언덕이 있다는 것이고 지향의 일념이 어떤 경우에도 바래질 수 없다는 데 그 까닭이 있을 것이다.

그런데 가영심의 종교적 염원은 구체적으로 고행하는 삶을 동반한다. 예불이나 신념이 종교적 구원으로 이어지기 위해서는 응분의 수행적 실천적 고행이 받쳐주어야 한다. 시 〈백송(白松)〉은 그런 고행하는 삶에 대한 단서를 제공해 주고 있다.

　①모진 비바람을 버텨내고도

　②닫힌 마음 녹일 수 없어

　③상처투성이 혼을 찢으며 고행하는 여자

　④묵묵히 꿈꾸고 있는 그녀를 향해

　⑤누군가 지팡이 하나 손에 쥐어준다

　⑥온몸으로 짧은 생의 의미를

⑦다 말해 주려는 듯

⑧뜨거운 침묵으로 묵언에 든 수행자

⑨지고지순한 정신 벼리며 살아온 그녀

⑩지팡이 하나로 빛을 향하던 그녀의 언어들

⑪세상 가운데 삭이고 삭인 비명들을 나이테로 주워 담고

⑫더욱 단단해진 굳은살이

⑬하얀 등뼈로 나무마다 드러난다

⑭홀로 중독된 아픔

⑮터진 살을 꿰매가야 했던 삶

⑯ 그녀의 기도는 계곡 숲에 흩어져

⑰ 온통 박하 향내만 가득 퍼져나갔다.

　　　ㅡ〈백송(白松)〉 전문(번호는 필자가 붙임)

따옴시는 고행하는 삶을 드러내 보인다. 그러나 시의 속살은
간단하지 않은 짜임을 보이고 있어 세밀한 탐색이 요청된다.

1연 ①, ②, ③ : 여자 이야기
　　　④, ⑤, ⑥, ⑦, ⑧ : 백송 이야기

2연 ⑨, ⑩ : 여자 이야기
　　　⑪, ⑫, ⑬ : 백송＋여자 이야기

3연 ⑭, ⑮, ⑯ , ⑰ : 백송＋여자 이야기

따옴시는 '백송' 과 '여자' 가 동일성 위에 놓여 있게 하여 백송이 갖는 의미를 추구하고 있다. 그러니까 자연히 동일성의 시학을 이룰 수밖에 없게 된다.

첫 연에서 여자 이야기로 시작하여 백송 이야기로 이어지고, 둘째 연에서 여자 이야기가 나오다가 백송과 여자가 하나로 묶이는 상태가 이어진다. 그리고 마지막 연에서 백송과 여자가 묶여서 드러나는 상태를 보인다. 이 구조는 상당히 섬세하게 진행되는 것이므로 읽는 이에 따라 판독의 혼란을 초래할 수도 있을 것이다. 어쨌든 가영심 시인은 백송을 통해 자아를 들여다보고 있다. 그런 가운데 고행하는 삶의 상처와 고통이 단순하지 않음을 드러내면서 끝내는 '박하 향내' 를 낼 수 있었다는 자전적 고백을 말미에 붙이고 있는 것이다.

이렇게 볼 때 가영심 시의 총체적 지향은 복원적 세계로 가는 것이며 그것은 고행의 가시밭길을 통해서만 완수될 수 있는 성질의 것임을 시사해 주고 있다 하겠다.

3.

가영심은 그러는 중에 기다림과 인종의 세계를 열어 보인다. 말로만 들으면 한국 여성의 보편적 정서를 어김없이 드러내는구나 하고 여기겠지만 그렇게 여기기에는 그의 인식은 매우 비극적이다.

그는 누군가를 기다리며 앉아 있다 초조함을 숨긴 채 마음속 자동문을 하릴없이 열었다 닫았다 하며 앉아 있다 십오 분, 삼십 분, 한 시간이 지났어도 누군가는 오지 않는다 고장난 시간의 더듬이로 푸른 목숨의 내면을 더듬어 간 흔적처럼, 보이지 않게 안으로만 피 흘리는 그의 막막함 무거운 침묵 속에 곧 오리라는 견고한 믿음으로 기다려도 만남

은 어긋나고, 계속 비어 있는 앞자리만 주시하며 그가 하염없이 누군가
를 기다리며 앉아 있다

　문득 파도가 그리웠다 그는 제 마음의 창에 달아놓은 녹색 버티컬의
줄을 한 가닥 희망처럼 잡아당긴다 잠시 가슴속엔 푸른 바다가 펼쳐지
고 까페 안 가득히 키보이스의 해변으로 가요 해변으로 가요, 노래가
넘치면서 파도소리에 딱딱한 고동 속으로 숨어 들어간 달팽이 하나, 이
루지 못한 사랑처럼 꿈의 빈 껍질 속에 들어앉은 그가 있었다 비를 기
다리는 달팽이처럼 오, 기다림에는 독이 있다네.

　　―〈비를 기다리는 달팽이〉 전문

　따옴시는 하염없이 기다리는 정서를 보여주고 있다. 기다리
다가 말거나 그렇다고 기대되는 표징이 드러나는 낙관적인 기
다림 같은 것도 아니다. 막막함, 무거운 침묵, 꿈의 빈 껍질 속
에 들어앉은 기다림이다. 그것은 뻔히 내다보이는 좌절이나 절
망의 끝을 머금고 있는 기다림이 아닌가 한다. 존재론적인 의식
의 바닥이 드러나고 있어 보이기도 한다. 그 기다림은 상상을
통해 스스로의 변화를 추구하고 있을 뿐이다. '파도→푸른 바
다→키보이스의 해변 →딱딱한 고동→달팽이→독' 으로 이어지
는 상상인데 그 끝은 '독' 이다. 비극적 인식에 닿아 있다고 할
것이다. 이것은 과거의 한국적 정서와는 다르게 보인다. 한(恨)
의 정서라고 하는 것은 좌절의 현실 속에서도 끝이 보이는, 끝
의 긍정을 전제로 하는 것이기 때문이다. 가영심의 시의 정서가
가열하다고 하는 것은 바로 이 점에서 그 비밀이 담겨 있다.
　시 〈열쇠〉는 그 연장선상에 있는 시다.

아직도 우리에게
더 살아야 할 남은 생이 있다면
그건 미처 알아내지 못한
생의 비밀이 남아 있기 때문이다

가끔은
잃어버린 푸른 꿈의 열쇠를 찾다가
빈 집 앞에 서 있는 듯한
처연한 슬픔에 잠긴다

그래
상처난 영혼 아닌 삶이 어디 있으랴

살다 보면
때로는 허망의 끝에서
피 흘리던
생의 꿈을 물어뜯는 절망뿐이지만

우리 생의 울타리에서
추위를 견디고 있는
저 꿋꿋한 쥐똥나무는 겨울 꿈을 꾼다

쥐똥나무여
쥐똥나무여

그대가 보여주는 희망의 믿음으로

우리는 묵묵히 인종(忍從)을 배우면서

생명의 푸른 열쇠를 가슴속에 간직한다.

　ㅡ〈열쇠〉 전문

따옴시는 묵묵히 인종의 길을 걸으면서 푸른 희망을 갖겠다
는 시다. 그것은 꿈을 포기하지 않는 이의 각오에 속한다. 비록
지금은 '빈 집 앞에 서 있는 듯한/처연한 슬픔에' 잠겨 있지만
'생의 울타리'에서 추위를 견디면서 살아 보겠다는 것이다. 그
의지는 '쥐똥나무'의 겨울 꿈을 보면서 획득할 수 있는 것임을
말하고 있다. 화자와 쥐똥나무가 포개지면서 불만과 절망이 일
순에 사라지게 하는 동일성의 비밀을 보여준다.

　그러나 가영심의 '인종'은 무엇에 대한 인종인지 구체적으로
드러나지 않는다. '남은 생', '생의 비밀', '푸른 꿈의 열쇠',
'빈 집' 등이 있지만 모두가 포괄적인 사유에 관련되어 있다.

　이는 시인이 상처난 존재에 머물고 있는 것이라 봄이 옳을
것이다. 시인이 인생론적이라서 '인종'의 세계를 찾고 또 당도
해 있는 것이지만 그 자체로만 나가기엔 힘이 많이 부치고 있
을 것이 분명하다. 말하자면 시의 화자가 얻은 결론에 반해 생
은 너무나 벅차고 가파른 언덕임을 고백하고 있다는 말에 다름
아니다.

4.

가영심 시인의 가열함은 동일 지향 내지 동일성의 시학을 통해 드러나고 있다. 대부분의 시인들이 동일성의 발견으로 가열한 정서를 푸는 쪽이지만 가 시인은 그 반대다.

더러는 상처를 달래주던
독주 퍼마시면서
버림받아 더욱더 칼날을 무는 파도처럼

칼날에 베이면 베일수록
더욱 단단해지는 바위섬의 울음을
이제야 듣게 되는 그 까닭은
무엇일까
—〈내 등 뒤에서 우는 섬〉 중에서

섬은 화자에게 꿈을 주거나 평화를 주거나 미래를 보장해 주는 것이 아니다. 그만큼 사물에 반응하는 의식이 부정적이다.

사물을 붙들면 그만큼 화자는 피 흘리는 자신을 뒤돌아보게 되고 상처에서 더 벗어나지 못하게 된다. 어쩌면 화자는 그 동일 지향의 대답을 통해 자신을 더 가열하게 버리고 있는 것이 아닌가 한다. 동일 지향의 대상이 안락한 목표물이 아니라 스스로를 노출하고 짓찧는 가운데 자신을 고해(叩解)하는 고백소 역할을 담당하고 있는 것은 아닐까?

눈먼 피리새 바람꽃처럼 울어가던 밤

무수한 이야기들이

모래 알갱이처럼 흩어지더니

알 수 없는 슬픔처럼 함께 젖고 있었다

보랏빛 감자꽃 향기 잃어버린 고향 내음처럼

꽃을 틔우며 건너오는 밤

만장의 꽃바람으로 우리는 서러웠었다.
— 〈봄이 오는 양수리〉 중에서

이 시에서도 화자의 고해는 계속된다. '무수한 이야기들이/모래 알갱이처럼 흩어지더니/알 수 없는 슬픔처럼 함께 젖고' 있었음을 말하고 '만장의 꽃바람으로 그렇게 우리는 서러웠었다' 고 밝히고 있는 것이다. 그러니까 양수리와의 동일성 위에 있으면서도 화자는 동일성의 대상에다 할 수 있는 말을 다 하고 있다. 안락하게 포개지는 것이 아니라 지나간 상처를 되살려 새 상처를 덧나게 하는 것 같은 착각을 갖게 만든다.

그렇다면 가영심 시인의 시적 전략은 무엇일까? 그의 비극적 인식에도 불구하고 그의 동일 지향은 더 큰 쪽에서의 만남이고 성취는 아닐까. 여기에 가 시인의 가열함이 응분의 몫으로 시 안에서 살아 있는 지향으로 작용하고 있는 것이 아닐까 한다. 어쨌든 가영심 시인의 총체적 지향은 본원적인 세계로 가는 것 이고 그것은 고행의 터널을 지나서 가는 길이고 그런 만큼 기다림과 인종의 묵묵한 보행이 필요한 일이다. 그 인식에 있어서는 비극적이지만 시인은 동일성의 시학이라는 방법 안에서 그의 실존적 활로를 열어가는 것이 아닌가 한다.

　여타의 측면과 세계에도 여러 갈래 닿아 있다고 보지만 필자의 기호에 닿는 쪽은 그의 가열함과 몸부림이다. 그 가열함이 앞으로 어떤 행보를 보일지 궁금해지기도 한다.